Odisseia

Homero

Adaptação de Edy Lima

Ilustrações de Ricardo Paonessa

© IBEP, 2012

Gerência editorial	Célia de Assis
Edição	Edgar Costa Silva
Coordenação de arte	Narjara Lara
Assistência de arte	Marilia Vilela
	Tomás Troppmair
Produção editorial	José Antonio Ferraz
Assistência de produção editorial	Eliane M. M. Ferreira
Preparação de texto	Sonia Cervantes
Revisão	Sylmara Beletti
Ilustração	Ricardo Paonessa

Dados Internacionais de Catalogação na Publicação (CIP)
(Câmara Brasileira do Livro, SP, Brasil)

Lima, Edy
    Odisséia / Homero ; adaptação de Edy Lima ; ilustrações de Ricardo Paonessa. -- São Paulo : IBEP, 2012. – (Primeiros clássicos)

    ISBN 978-85-342-2847-3

    1. Literatura infantojuvenil 2. Mitologia grega (Literatura infantojuvenil) I. Homero. II. Paonessa, Ricardo. III. Título. IV. Série.

12-01191   CDD-028.5

Índices para catálogo sistemático:
    1. Literatura infantojuvenil   028.5
    2. Literatura juvenil   028.5

1ª edição – São Paulo – 2012
Todos os direitos reservados

Rua Gomes de Carvalho, 1306 – 11º andar – Vila Olímpia
São Paulo – SP – 04547-005 – Brasil – Tel.: (11) 2799-7799
editoraibep.com.br – atendimento@grupoibep.com.br

Sumário

5   Um fio de esperança

12   A maldição de Polifemo

21   O feitiço de Circe

28   A terra dos mortos e outros perigos

37   Volta à terra natal

47   Mendigando na própria casa

54   O torneio da discórdia

64   Luta e paz

Um fio de esperança

Até aquele momento, o mar tinha permanecido sereno. De repente, o céu escureceu e os ventos tornaram-se violentos. Ulisses ergueu a voz pedindo proteção:

– Deuses poderosos, tenham compaixão deste pobre mortal que lutou em Troia durante dez anos e faz outros dez que anda perdido pelos mares onde pereceram seus companheiros!

Uma onda maior virou a jangada e Ulisses foi jogado ao mar. Afundou devido às pesadas roupas que ganhara da ninfa Calipso, que o mantivera prisioneiro e, por fim, o ajudara a construir a jangada para buscar sua terra. Conseguiu voltar à tona, cuspiu fora a água e, graças a seu vigor e força extraordinária, alcançou a jangada.

Foi visto pela deusa Ino, que vive no oceano. Ela lhe disse:
– Livra-te da roupa e da jangada e procura alcançar a terra a nado.

Ulisses se lembrou de que pouco antes da tempestade tinha visto terra, mas ainda muito distante de onde estava.

A deusa continuou aconselhando-o:
– Toma este véu, coloca-o no peito, mas, quando chegares em terra, joga-o de volta ao mar.

Assim que lhe entregou o véu, a divindade sumiu nas águas revoltas.

Naquele instante, uma onda mais violenta atingiu a jangada, partindo-a em pedaços. Ulisses estendeu o véu sobre o peito e jogou-se ao mar.

Durante dois dias e duas noites ficou à deriva sobre as ondas, que tinham se acalmado, até ver que a terra estava muito próxima. Ao chegar junto à costa, foi invadido de tristeza ao perceber que rochas enormes erguiam-se ao longo do litoral.

A única esperança era continuar nadando em busca de algum trecho onde houvesse uma enseada.

Nadava um pouco afastado da costa para evitar ser jogado contra as rochas pela força das águas, que batiam contra aquela muralha de pedra.

Exausto e quase sem forças, deparou-se com um rio que desaguava no mar vindo do interior da ilha. Em seu coração, orou à divindade protetora daquele rio e nadou em suas águas.

Assim que pisou em terra, arrancou do peito o véu da deusa e o jogou no rio com votos de gratidão.

Beijou a terra e ficou estendido no chão devido à extrema fraqueza, mas logo o instinto de sobrevivência foi mais forte, e ele disse para si mesmo:

— É preciso encontrar um abrigo para não ser devorado pelas feras.

Ergueu-se e entrou no bosque que havia junto ao rio, onde encontrou um lugar seguro entre o tronco de duas árvores. Escondeu-se naquela caverna vegetal e cobriu-se com folhagem.

Atena, sua deusa protetora, deu-lhe um sono reparador.

No dia seguinte, acordou com vozes e risos de jovens que se divertiam ali perto depois de terem lavado roupa no rio.

Ulisses ergueu-se e, cobrindo sua nudez com um ramo de árvore, surgiu à beira do bosque e implorou:

– Deusa ou mortal, ajuda-me! Ontem, depois de vinte dias no mar, cheguei a esta ilha, onde não conheço ninguém. Dá-me um pedaço de pano para vestir e os deuses te recompensarão com todos os bens.

Nausica, filha do rei, viera com suas escravas cuidar da roupa da família e tomou a palavra:

– Estrangeiro, as provações são enviadas pelos deuses, mas agora que chegaste à terra dos feácios, onde reina meu pai Alcino, não te faltará roupa nem qualquer outra coisa que necessite o suplicante.

Ulisses se prostrou agradecendo:
– Todas as bênçãos te sejam concedidas, jovem princesa.
Nausica ordenou às escravas:
– Dai de beber e de comer a este náufrago e roupas para que vista depois de se banhar no rio.

Suas ordens foram obedecidas e Ulisses entrou no rio para tirar o sal do corpo e vestir as roupas novas que lhe eram oferecidas.

Em seguida comeu com apetite, pois há muito não se alimentava.

Enquanto isso, as escravas atrelaram as mulas ao carro, onde colocaram as roupas lavadas e dobradas. Assim que se preparou para partir, a princesa disse:

– Estrangeiro, segue nosso carro e desse modo chegarás ao palácio de meu pai, onde poderás pedir abrigo.

Na entrada da cidade, havia um bosque dedicado à deusa Atena. Ali Nausica deteve o carro e falou para Ulisses:

– Não convém que uma jovem como eu cruze as ruas da cidade seguida por um estrangeiro. Fica neste bosque e mais tarde pede que alguém te ensine o caminho para o palácio de Alcino. Lá atravessa o pátio e te dirige para onde está minha mãe fiando junto à lareira. Aí também está o trono de meu pai. Passa por ele e te ajoelha diante dela pedindo sua ajuda. Se ela te for favorável, podes ter certeza de que receberás ajuda.

Acabou de falar e se afastou no carro com suas escravas.

Ulisses penetrou no bosque e dirigiu uma prece a Atena:

– Grande deusa, concede que os feácios me recebam como amigo e me ajudem a voltar para Ítaca, minha terra.

Ao ouvir suas súplicas, a deusa tomou a figura de uma jovem e se ofereceu para ensinar-lhe o caminho. Ao mesmo tempo, envolveu-o em uma névoa, que o escondeu aos olhos dos feácios enquanto caminhava pelas ruas em direção ao palácio.

Sempre invisível, devido à névoa, Ulisses penetrou no palácio sem que ninguém o detivesse e caminhou até a sala onde estavam o rei e a rainha.

Seguiu o conselho de Nausica e ajoelhou-se diante da rainha Arete. Nesse momento, a névoa se dissipou e todos os presentes ficaram espantados ao ver aquele desconhecido entre eles. Ulisses disse:

– Arete, semelhante aos deuses, peço a ti, a teu ilustre esposo e a todos os feácios que me ajudem a voltar à minha terra depois de tantos infortúnios que sofri no mar até chegar aqui como náufrago.

Terminou de falar e se afastou da rainha, sentando-se no chão junto à cinza da lareira. Foi a vez de Alcino tomar a palavra:

– É Zeus quem traz o suplicante e ensina que o respeitemos. Levanta-te e vem sentar aqui ao meu lado.

Ulisses obedeceu ao convite e, por ordem de Alcino, os escravos serviram-no de vinho e muitas iguarias.

Assim que Ulisses foi alimentado, Arete dirigiu-lhe a palavra:

– Hóspede, quero que me respondas quem te deu essas roupas, já que declaraste ter aqui chegado como náufrago.

— Veneranda Arete, acredito que estejas reconhecendo minhas vestes por terem sido tecidas por tuas mãos ou por tuas escravas. Tens razão em tua pergunta. Abordei esta terra pelas águas do rio. Quiseram os deuses que tua filha Nausica tivesse ido lavar roupa com suas escravas. Foi ela quem me deu vestes e alimento e me ensinou o caminho da cidade.

Alcino tornou a falar:

— Tuas súplicas foram dirigidas primeiro à minha filha e, agora, à minha honrada esposa, e isso vale para mim. Determino que sejas nosso hóspede. Amanhã reunirei príncipes e chefes feácios para decidirmos a melhor forma de te conduzir à tua terra.

A maldição de Polifemo

Na manhã do dia seguinte, os mais ilustres feácios reuniram-se em assembleia na grande praça, onde tomavam as decisões políticas e administrativas. Alcino expôs a situação de Ulisses e convocou a todos para armarem uma nau que o levasse de volta à sua terra.

Ficou decidido que, entre os jovens mais valorosos, seriam escolhidos cinquenta e dois remadores para conduzirem a nau que cortaria o mar levando o estrangeiro.

Em seguida, para festejar, organizaram jogos nos quais mostravam sua perícia em corrida, salto, pugilato e outros esportes. Lá pelas tantas, um dos moços desafiou Ulisses:

— Se és de nascimento nobre como nos fazes crer, deves ter sido treinado em algum esporte. Mostra-nos o que sabes.

Ulisses respondeu:

— Não é meu desejo desafiar aqueles que me dão hospedagem, mas, já que falas dessa maneira, vou mostrar o que sei, embora esteja com os membros cansados dos dias que passei no mar.

Em seguida, levantou-se e, sem despir o manto, apanhou um disco maior que os outros e muitíssimo pesado. Depois de fazê-lo girar, arremessou-o com tal força que ultrapassou as metas alcançadas pelos feácios.

Todos permaneceram em silêncio e só Alcino falou:

— Estrangeiro, respondeste bem ao desafio que te foi feito. Dou os jogos por encerrados e convido os chefes e conselheiros dos feácios a seguirem para o palácio, onde mandei preparar um festim.

Dessa maneira, Alcino, Ulisses e os convidados voltaram ao palácio.

Lá se fartaram de carne e vinho enquanto ouviam o contador de histórias, que se estendia sobre os feitos dos gregos em Troia.

Ao ouvir falar dos companheiros e amigos e até de suas próprias façanhas, as lágrimas correram pelo rosto de Ulisses. Alcino percebeu o que acontecia e indagou:

— Estrangeiro, vejo que te comoves com o canto sobre a vitória dos gregos em Troia. Exijo que nos digas teu nome e qual tua ligação com essa guerra na qual os gregos se cobriram de glória.

Ulisses sentiu que era o momento de se identificar e respondeu:

— Sou Ulisses, rei de Ítaca.

Era um herói conhecido e louvado em muitas canções. Todos exigiram que ele próprio relatasse os fatos que o obrigavam a andar errante pelo mar, dez anos depois de a guerra ter acabado. Ulisses obedeceu e começou sua narração:

— A grande esquadra grega deixou Troia depois da vitória total. A mim cabia o comando de nove naus em que viajavam os homens que estavam sob minhas ordens. Fizemo-nos ao largo e tomamos o rumo que nos levaria de retorno a nossa terra, mulheres e filhos, de que estávamos separados há dez anos, que foi quanto durou o cerco de Troia.

A princípio o mar nos foi favorável, mas a partir de poucos dias os ventos sopraram com violência e nos desviaram da rota. A tempestade nos levou por caminhos marítimos estranhos e com certeza muito longe de nosso lar.

Abordamos uma terra onde só encontramos habitantes selvagens, que nos afugentaram com chuva de flechas. Mal conseguimos voltar a bordo e nova tempestade nos levou ainda mais distante. Por fim, encontramos uma enseada, onde foi possível atracar as naus. A esperança renasceu em nosso peito. Talvez ali encontrássemos gente hospitaleira. A cautela me obrigou a dizer a meus homens:

— Só uma nau entra na enseada. As outras esperam ao largo.

Eles reclamaram:

— Precisamos nos refazer em terra.

Eu tentei acalmá-los:

— A prudência exige que a maior parte fique fora de possível emboscada. Eu vou com minha nau e lá desembarcarei com apenas uma dúzia de homens para verificar se o lugar oferece abrigo a todos nós.

Agi de acordo com minha decisão. Levei comigo um odre com nosso melhor vinho para oferecê-lo a quem nos desse hospitalidade.

Assim que andamos por aquela terra estranha, vimos uma alta caverna rodeada por currais. Era sinal de que ali vivia um pastor.

Ao nos aproximarmos, percebemos a enorme entrada e o tamanho descomunal da caverna. Naquela hora o pastor devia andar longe, cuidando do rebanho.

Cruzamos a porta e lá dentro vimos enormes queijos dependurados e várias divisões de currais para acomodar um grande rebanho.

Um dos companheiros disse:

— Vamos apanhar uns queijos e nos afastarmos daqui.

Outro respondeu:

— Talvez o pastor nos dê muito mais que isso.

Eu concordei:

— Sim, deve ser dono de muitos animais e com certeza não nos negará algumas ovelhas e cabras.

Naquele momento chegou o dono da caverna e seu rebanho. Era um gigante de tamanho extraordinário e com um único olho no meio da testa. Sua presença nos assustou a ponto de nos escondermos no fundo da caverna. Por sua vez, ele fechou a entrada com um bloco de pedra que várias juntas de bois não seriam capazes de mover. Em seguida, separou as ovelhas nos diversos currais e tirou leite das que estavam com crias novas. Acendeu o fogo, decerto para preparar seu jantar, e foi então que nos viu e nos ameaçou com sua voz de trovão:

– Vejo que hoje o jantar veio me procurar com suas próprias pernas.

Falou e deu uma risada horrível.

Trememos de medo e tentamos nos esconder. Ele estendeu os braços e apanhou dois de nossos companheiros. Atirou-os ao chão e, assim que os matou, se pôs a devorá-los com apetite.

Choramos a morte cruel daqueles amigos sem nada podermos fazer para defendê-los.

Assim que o ciclope os devorou, bebeu uma bacia de leite e se deitou a dormir e roncar.

Pensei em enfiar minha espada em sua garganta, mas isso não nos libertaria, porque nossas forças não seriam suficientes para remover a pedra que fechava a porta da caverna. Iríamos morrer fechados ali dentro. Era preciso uma ideia melhor.

Na manhã seguinte ele retirou a pedra para o rebanho sair. Antes, pegou mais dois de nossos companheiros e os devorou. Horrorizados com o que víamos, pensamos em fugir na sua ausência, mas ele recolocou a pedra assim que saiu. Estávamos prisioneiros e condenados à morte.

Era preciso descobrir uma forma de fugirmos dali. Ao ver um tronco de oliveira no chão, descobri a arma que poderia nos libertar. Falei para meus companheiros:

– Vamos aguçar a ponta deste tronco e a usarmos para cegar o único olho de nosso carcereiro.

Aquilo nos deu esperança e forças para trabalhar o resto do dia.

Ao entardecer o monstro voltou com o rebanho. Entrou e tornou a trancar a porta da caverna. Não demorou muito a que estendesse os braços e apanhasse, para seu jantar, outros dois entre nós.

Tomando-me de coragem e vencendo a repugnância que me causava aquele devorador de homens, enchi uma bacia com o vinho que trouxera e me aproximei do ciclope, dizendo:

– Bebe de nosso vinho, para saberes a boa bebida que trouxemos conosco.

Esvaziou a bacia de um só trago e me disse:

– Muito bom o vinho que me deste. Torna a encher a bacia e me diz teu nome para que possa te agradecer.

Tornei a servi-lo e respondi sua pergunta.

– Meu nome é Ninguém.

O monstro bebeu a segunda dose e logo mais outra e me disse:

– O meu agradecimento é que serás o último a ser devorado por mim.

Deu uma gargalhada horrenda e caiu dormindo.

Era a hora de agirmos. Colocamos no fogo a ponta da estaca e, quando ela ficou em brasa, dei voz de comando:

– Vamos em frente!

Precisou a força de quatro homens para erguê-la e enfiá-la no olho do ciclope, no qual a fizemos girar.

O monstro deu um rugido terrível, arrancou a estaca de seu olho e jogou-a longe.

Seus gritos foram medonhos e não demorou que outros ciclopes viessem em seu socorro e indagassem:

– Por que gritas, Polifemo? Estás doente ou alguém te maltrata?

O monstro respondeu:

– Ninguém me maltrata.

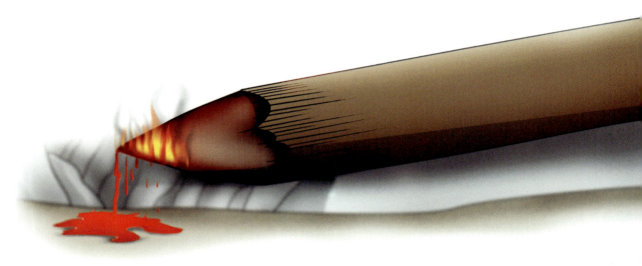

Um dos seus amigos respondeu:

– Se ninguém te maltrata, fica quieto e não perturba o sono de teus vizinhos.

Polifemo, urrando de dor, retirou a pedra da entrada da caverna e sentou-se no chão com as mãos estendidas. Seu intuito era apanhar-nos quando tentássemos sair.

Tive a ideia de amarrar os carneiros em grupos de três. No do meio, embaixo da barriga, ia preso um homem. Por fim eu me agarrei à barriga do maior e mais lanzudo de todos os animais. Com essa proteção, conseguimos passar pela saída da caverna. Polifemo, com as mãos estendidas, apalpava as costas de todos os animais.

Assim que chegamos a uma distância segura, desci do carneiro que me servira de disfarce. Em seguida, desamarrei os companheiros e corremos para a enseada onde ficara a nossa nau.

Quando nos afastamos da costa, eu gritei:

– Polifemo, se te perguntarem quem te cegou, podes dizer que foi Ulisses, rei de Ítaca.

Ele me amaldiçoou, dizendo:

– O deus dos mares, Poseidon, é meu pai. Pelos seus poderes desejo que nunca chegues de volta à tua terra. Se isso tiver de acontecer, que antes sofras no mar, percas teus companheiros, voltes em navio alheio e encontres aflições em tua casa.

Falou essas palavras e lançou um pedaço descomunal de rocha em direção à nossa nau. Escapamos por pouco, mas as ondas que se formaram quase engoliram nosso barco.

Dali continuamos viagem, ainda chorando pelos companheiros mortos e agradecidos aos deuses por termos escapado de tamanho perigo.

O feitiço de Circe

Navegamos por mar tranquilo até a ilha onde vive Éolo, deus dos ventos. Lá se ergue o palácio onde mora com sua mulher, filhos e filhas na maior harmonia.

Fomos recebidos como hóspedes e nos recuperamos dos sofrimentos com banhos, perfumes, roupas novas e iguarias saborosas.

Éolo e sua família me interrogaram sobre Troia e os seus heróis. Passamos um mês em meio a festas. Por fim pedi que nos deixasse partir, pois todos nós ansiávamos por rever a pátria.

Concordou com nossa partida e me presenteou com um odre feito de couro de boi, onde aprisionara os ventos para que nada perturbasse nosso retorno. Acorrentei o odre no porão da nau.

Éolo fez soprar um vento suave que nos levou em direção a Ítaca com velocidade e segurança. Quando avistamos o arvoredo e os montes de nossa terra, eu, que viera ao leme nos últimos dias, resolvi dormir um pouco, já que não havia mais perigo algum.

Foi um grande engano, porque os meus companheiros, que desconfiavam que eu escondesse um tesouro no odre que recebera de Éolo, decidiram abri-lo.

Os ventos aprisionados rugiram todos ao mesmo tempo, fazendo nossa nau ser levada de volta à ilha de Éolo.

Ali tomei o rumo do palácio e, assim que entrei, o deus dos ventos me perguntou:

– Ulisses, por que voltaste?

21

Contei o que acontecera e pedi:

– Imploro tua clemência. Conserta com teus poderes os erros cometidos por meus companheiros.

Éolo ordenou:

– Retira-te da ilha sem demora! Não posso ajudar um homem odiado pelos deuses. Se voltaste aqui é porque eles te perseguem.

Não havia mais nada a fazer. Retornamos para nossas naus e nos afastamos em meio a grande tristeza.

Ventos furiosos e ondas enormes agitaram o mar durante seis dias e seis noites. No sétimo dia nos aproximamos da terra. Meus companheiros conduziram suas naus para dentro de uma baía onde supunham encontrar a paz. Eu detive minha nau fora do porto e falei para meus homens:

– Depois da triste experiência que tivemos com Polifemo, parece mais sábio mantermos distância.

Um deles falou em nome de todos:

– Acho que estás sendo cauteloso em excesso. Nem todos os lugares são habitados por gigantes canibais.

    Não atendi à sua sugestão, e foi nossa sorte, porque de fato ali viviam os lestrigões, que eram gigantes e canibais.

    Nossos companheiros que desembarcaram em terra foram caçados pelos lestrigões e devorados por eles. Alguns conseguiram alcançar as naus e tentaram fugir, mas a baía mansa e em aparência segura era um verdadeiro alçapão. Os lestrigões jogaram imensas pedras nas naus, que foram destruídas, e levaram os tripulantes para servirem de almoço.

    Ainda chorando a perda dos companheiros, nos afastamos daquele lugar funesto. Continuamos navegando e alimentando a esperança de encontrar algum abrigo. Por fim atracamos em uma enseada e logo a seguir subi em um morro, de onde avistei um palácio. Comuniquei a meus companheiros o que vira e acrescentei:

    – Pelo muito que temos sofrido, precisamos ser cautelosos. Vamos nos dividir em dois grupos. Eu fico com o comando de um e o outro será comandado por Euríloco.

    Todos concordaram e, em seguida, tiramos a sorte para saber qual dos dois grupos iria fazer o reconhecimento da ilha.

O sorteado foi Euríloco. Ele e seus homens seguiram o caminho que levava ao palácio, enquanto os demais, sob minha chefia, ficaram junto à nau.

Ao encontrarem o palácio, ouviram uma voz feminina cantando. Chamaram junto à porta aberta e apareceu Circe, a deusa feiticeira, que os convidou para entrar.

Euríloco, temendo alguma cilada, escondeu-se entre as folhagens e espiou o que se passava no interior da sala.

Circe ofereceu uma bebida aos recém-chegados e, assim que beberam, ela os tocou com sua varinha mágica e os transformou em enormes porcos, que foram encerrados nos chiqueiros.

Euríloco correu em direção à nossa nau, chegando sem fôlego para falar. Assim que recuperou a voz, nos contou o acontecido e disse:

– Vamos embora deste lugar maldito!

Discordei:

– Ao contrário, irei até o palácio de Circe e a obrigarei a desencantar nossos companheiros.

Decidido como estava, ninguém poderia me deter. Segui pela mata em direção ao palácio. Com certeza teria sido enfeitiçado, como os demais, se não fosse o deus Hermes ter aparecido em meu caminho sob a forma de um jovem, que me disse:

– É impossível fugir aos sortilégios de Circe, mas vou te proteger. Toma esta planta, só conhecida pelos deuses, e mastiga-a. Ela te livrará da bebida enfeitiçada que Circe vai te oferecer. Quando ela te tocar com sua varinha mágica, puxa a espada e a ameaça. Ela, assustada por não teres tomado a forma animal, vai obedecer tuas palavras.

Hermes desapareceu e eu segui para o palácio de Circe. Ela me recebeu sorridente e me convidou para entrar.

Em seguida me ofereceu a beberagem mágica. Bebi sem medo. Ela me tocou com sua varinha mágica e ordenou:

– Vai para o chiqueiro junto a teus amigos.

Dei um salto e a ameacei com a espada.

Circe recuou assustada:

– Nunca homem algum resistiu a essa beberagem. Quem és?

— Sou Ulisses e não tentes nenhum truque contra mim. Exijo que tornes a dar forma humana a meus companheiros.

Circe chamou suas escravas e ordenou que trouxessem finas iguarias para me servir. Eu falei duro com ela:

— Achas que sou capaz de me alimentar e aceitar tuas gentilezas sabendo que meus companheiros estão transformados em porcos?

— Que pretendes de mim?

— Quero que jures não tentar nada contra mim e imediatamente devolvas a forma humana a meus companheiros.

Ela jurou e, em seguida, fez entrarem na sala grandes porcos, que, conforme eram tocados por sua varinha mágica, voltavam a ser os homens de minha nau.

Foi com lágrimas nos olhos que nos abraçamos. Depois disso, aceitamos as iguarias que as escravas nos ofereciam.

Circe disse:

— Ulisses, vai buscar o resto da tripulação para que todos sejam meus hóspedes e refaçam as forças com merecido descanso.

Eu sabia que devido ao juramento ela não iria nos trair e, por isso, segui seus conselhos.

Quando cheguei junto à nau, meus companheiros vieram a meu encontro com grande alegria. Contei o que acontecera e disse:

— Vamos todos para o palácio de Circe descansar de tantos sofrimentos e recuperar as forças para seguirmos viagem.

Aceitaram com satisfação, menos Euríloco, que alertou os companheiros:

— Não aceitem o convite de Circe, ela é feiticeira e vai ser o caminho de vossa perdição.

Falei do juramento solene que eu a obrigara a fazer, mas Euríloco se manteve inflexível. A solução foi ele ficar de guarda em nossa nau, enquanto todos os outros foram comigo para o palácio.

Durante um ano permanecemos aos cuidados de Circe, recebendo as honras de hóspedes. No fim desse tempo, já refeitos dos muitos sofrimentos passados, a saudade de casa era muito forte e pedi à deusa para nos deixar partir.

Ela respondeu:

— Não pretendo conservar-te aqui contra tua vontade, ao contrário, fornecerei alimento e vinho para a longa viagem que ainda resta. Sei que terás de enfrentar grandes sofrimentos. Deves antes de tudo consultar Tirésias para que ele te dê conselhos que amenizem os perigos que tens pela frente.

Fiquei muito admirado:

— Tirésias! Mas ele já morreu.

Circe respondeu:

— Exato, terás de ir ao Hades, morada dos mortos, e lá oferecerás um sacrifício para que ele fale do teu futuro.

— Como posso ir até lá? Quem me guiará nesse caminho?

— Basta que desfraldes as velas, e o vento Bóreas conduzirá tua nau.

Era uma tarefa de extremo perigo e foi com o coração em sobressalto que deixamos a ilha de Circe para seguir até a terra dos mortos.

A terra dos mortos e outros perigos

Conforme Circe me prometera, nossa nau deslizou com suavidade e rapidez, levada pelo vento, até os confins da Terra. Lá o sol nunca brilha, as brumas envolvem tudo.

Atracamos no ponto em que Circe me indicara, desembarcamos e cavei uma fossa na qual derramei leite, mel, vinho, água e farinha de cevada. Dirigi preces aos mortos e logo sacrifiquei uma ovelha e um cordeiro cujo sangue correu para a fossa recém-cavada.

Vindas de todos os lados aproximaram-se as almas dos mortos: mulheres e homens, jovens e velhos. Seguia-os a alma de Tirésias. Assim que bebeu do sangue dos animais falou comigo:

– Que vens fazer neste lugar melancólico?

– Preciso que me aconselhes a melhor maneira de enfrentar os perigos que me esperam em minha volta para casa.

O maior dos adivinhos falou de tristes acontecimentos que estavam reservados para dificultar minha viagem. Alguns eram de tal forma sinistros que não os relatei a meus companheiros, temendo assustá-los por antecipação. Na ocasião em que cada fato fosse acontecendo, eu os preveniria dos cuidados a tomar para evitar o pior.

Quando terminou de falar, Tirésias se afastou. Foi então que vieram ao meu encontro muitos dos heróis da guerra de Troia. Eu sabia a forma como alguns deles tinham morrido em combate, mas outros me relataram suas desventuras ao voltarem para casa.

Por fim vi minha mãe, cuja morte ocorrera depois de minha partida. As lágrimas correram pelo meu rosto e estendi os braços para apertá-la junto ao peito, mas só havia o vazio. As figuras que ali desfilavam diante de mim eram apenas sombras. Mesmo assim falei com minha mãe, que me deu notícias de minha querida esposa, Penélope, de meu filho, Telêmaco, e de meu pai, Laertes, todos ainda no mundo dos vivos.

Minha mãe se afastou e outras sombras se aproximaram, algumas soltando gritos aterradores. Era o sinal para irmos embora.

Embarcamos e um vento favorável nos levou para longe daquele

lugar tenebroso.

Os perigos continuavam. Vi ao longe a ilha das sereias.

Decidi prevenir meus companheiros e os avisei:

– Amigos, já enfrentamos muitas dificuldades e mais uma se apresenta em nosso caminho. Estamos nos aproximando das Sereias, que com suas vozes encantatórias atraem os navegantes para a morte. Para que possamos cruzar por elas sem sermos vítimas de suas feitiçarias, é preciso tomar alguns cuidados.

Esses cuidados constituíam em que toda a tripulação tapasse os ouvidos com cera de abelha. A mim fora permitido escutá-las, desde que meus companheiros me amarrassem ao mastro com fortes cordas e não me soltassem mesmo que desse ordem para isso.

O canto das sereias é algo além de tudo que um mortal possa ter escutado e o apelo que fazem para irmos ao seu encontro é irresistível. Como meus companheiros estavam com os ouvidos tapados pela cera, não ouviam o canto maravilhoso das sereias nem meus gritos desesperados pedindo que me soltassem. Mesmo assim, me contaram depois que percebiam pelos movimentos de meus lábios e contorções da face que eu pedia para ser solto. Ao contrário, ainda me amarraram com novas cordas, e essa foi a minha salvação.

Só depois de transposto o perigo e termos nos distanciado o suficiente para que as vozes das sereias não pudessem mais nos alcançar, foi que retiraram a cera dos próprios ouvidos e me desamar-

raram do mastro.

Navegamos com vento favorável e mar tranquilo até o momento em que ouvimos o ruído de ondas batendo contra rochedos. Pelo aviso que recebera, eu sabia do que se tratava.

O perigo era tão descomunal que considerei mais prudente não alarmar meus companheiros anunciando o que teríamos de enfrentar.

O estrondo terrível da água ficava cada vez mais próximo. Não havia dúvida de que se tratava de Cila e Caríbdes, dois fenômenos tenebrosos, um em frente ao outro, em uma passagem estreita entre paredões de rocha. Caríbdes é uma monstruosa caverna que, com força extraordinária, suga para sua profundeza a água do mar e logo a seguir a devolve com violência. Nesse movimento, destrói tudo o que estiver a seu alcance e transforma uma nau, que for apanhada em sua fúria, em pedacinhos de madeira.

Por sua vez, Cila é um monstro de seis cabeças, tendo em cada boca três fileiras de dentes pontiagudos. Com cada uma de suas bocarras apanha uma vítima, que tritura e devora com incrível rapidez. Se a nau passar com grande velocidade, perde seis homens; se for lenta, corre o risco de que Cila abocanhe mais seis.

Conforme avançávamos, o ruído era mais ensurdecedor e a cerração, mais forte. Para dar ânimo aos remadores, lhes dirigi estas palavras:

— Mantenham os remos em ritmo acelerado e talvez Zeus permita que conservemos a vida.

Em seguida, instruí o piloto:

— Evita aquela caverna que ergue a água a grande altura e procura manter o barco junto ao rochedo do lado oposto.

Aquilo era escolher Cila e perder seis remadores em vez de ir ao encontro de Caríbdes e condenar toda a tripulação.

Meu coração disparou no peito ao ver seis homens serem arrebatados por Cila. Só distingui suas pernas e braços balançando no ar e os gritos terríveis que lançavam.

Cabia a mim animar os demais para remarem com energia e conseguirmos sair daquele estreito cercado de rochas, que é a mais terrível

armadilha que existe nos mares.

    O pavor deu forças para que fugissem do perigo remando com valentia. A rapidez foi a salvação. Conseguimos transpor o alçapão da morte e alcançarmos outra vez o mar aberto.

    A tripulação estava desanimada e cabisbaixa. Foi nesse estado de espírito que avistamos terra. Podíamos ouvir o mugido do gado que pastava naqueles campos. Os homens se animaram, pensando em descansar e comer bem. A mim veio o conselho de Tirésias, que me proibira de aportar na ilha do deus Hélio, onde pasta seu gado sagrado.

    Falei para os homens:

    – Quando visitamos o Hades e consultei Tirésias, ele predisse desgraça fatal se desembarcássemos nesta ilha. É melhor passarmos ao largo e buscarmos repouso noutro lugar.

Euríloco respondeu:

— Não permites que teus companheiros exaustos repousem nesta ilha onde poderemos passar uma noite tranquila depois de tantos perigos. Se continuarmos, vamos enfrentar a escuridão e talvez ventos e tempestade antes de abordarmos outra terra. Ao amanhecer seguiremos viagem com melhor ânimo.

Suas palavras eram o que todos gostariam de ouvir e por isso o aplaudiram.

Eu temia mais os males que Tirésias anunciara do que o mar bravio, mas era impossível ir contra a maioria e concordei:

— Pelo menos, antes de aportarmos, jurem que vão respeitar o gado de Hélio e comer apenas os mantimentos que trouxemos da ilha de Circe.

Todos juraram e em seguida atracamos a nau junto a um rio. Ali prepararam a ceia com os víveres que traziam a bordo e se acomodaram para dormir em terra firme.

Não partimos no dia seguinte como era a intenção inicial. Durante um mês soprou um vento intenso e os homens preferiram ir ficando naqueles belos campos. Enquanto havia mantimentos de bordo, tudo correu bem, mas, quando a comida escasseou, a necessidade nos obrigou a pescar e caçar para não passar fome.

Certo dia me dirigi para o interior da ilha com a intenção de orar e pedir a ajuda dos deuses para que o vento amainasse e nos permitisse seguir viagem.

Durante minha ausência, Euríloco falou aos companheiros:

— Qualquer morte é ruim, mas morrer de fome com a comida à

nossa volta é das piores.

Todos entenderam que se referia às vacas de Hélio, e alguém teve o juízo de lembrar:

– Esse gado é sagrado, pode nos trazer consequências piores que a morte.

Euríloco argumentou:

– Ofereceremos sacrifícios aos deuses pedindo que nos protejam, mas, se Hélio quiser nos destruir quando voltarmos ao mar, creio que é melhor ser engolido pelas ondas do que morrer de fome.

No fim todos concordaram com o sacrilégio e apoderaram-se das vacas que pastavam ali perto.

De fato ofereceram sacrifícios, mas os deuses não aceitaram porque tinha sido cometido um crime. Ao contrário, manifestaram sua cólera em prodígios: a pele dos animais mortos punha-se a andar, a carne no espeto, tanto a assada como a crua, mugia. Apesar disso, banquetearam-se com o lamentável almoço.

Quando voltei, já encontrei o desastre feito. Não havia remédio, as vacas tinham sido mortas.

Nesse momento Hélio já pedira a Zeus um castigo exemplar para o sacrilégio.

Aterrorizados com os fenômenos que se sucediam, os homens em-

barcaram às pressas para fugir daquela ilha que agora lhes metia medo.

O vento nos levou para longe da costa e em breve só enxergávamos céu e água. Foi então que uma nuvem escura pairou sobre a nau e a seguir sofremos a violência do vento. Em meio à tempestade, o mastro central da nave caiu sobre a popa e em sua queda esmagou a cabeça de Eurícolo, que tombou sem vida. Ao mesmo tempo, Zeus ribombou o trovão e cortou nossa nau ao meio com um raio. Meus companheiros foram lançados às ondas e tragados por elas.

Em meio àquela tragédia, consegui me agarrar a uma tábua, sobre a qual as águas me levaram.

Durante a noite inteira vaguei sem rumo e ao amanhecer me dei conta de que estava prestes a passar outra vez entre Cila e Caríbdes. Nesse momento de desespero, me lembrei de uma grande figueira que havia na rocha acima de Caríbdes. Tudo foi muito rápido. Agarrei-me à árvore enquanto a água e a minha prancha eram tragadas pela força do refluxo. Suspenso no ar sem ter onde pousar os pés, fiquei até a água ser devolvida e, graças à bondade dos deuses, a tábua em que eu navegava saiu inteira daquele redemoinho. Saltei sobre ela e desse modo salvei a vida.

    As ondas me arrastaram durante nove dias. No décimo alcancei terra. Era a ilha da deusa Calipso. Ela me deu acolhida. Alimentava-me, dava-me belas roupas e prometia me tornar imortal se aceitasse ficar para sempre. A saudade de minha terra e de minha família eram mais fortes. Passei sete anos vivendo desse modo. Ao fim desse tempo, seja porque Calipso recebeu alguma mensagem de Zeus, seja porque mudou suas intenções, concordou em que eu partisse. Embarcou-me em uma jangada de boas dimensões, com muitas provisões, e enviou-me uma brisa favorável. Depois de dezenove dias no mar, avistei as montanhas de vossa terra. Mas ainda tive que sofrer mais desventuras. O vento despedaçou a jangada e, com a ajuda da deusa Ino, que me socorreu, consegui nadar até a costa e descer nesta terra abençoada. O resto é de vosso conhecimento.

Volta à terra natal

Quando Ulisses terminou de falar, todos estavam emocionados com o muito que sofrera desde Troia. Alcino tomou a palavra:

– É uma honra termos como hóspede tão ilustre guerreiro e acredito que todos os que aqui estão terão prazer em oferecer-lhe belos presentes para que sempre se lembre de nós ao voltar para sua terra.

Enquanto a nau era preparada para a viagem e nela eram colocados os preciosos presentes dos feácios, um banquete de despedida se realizava no palácio.

Por fim, Ulisses embarcou, como ansiava seu coração. A nau deslizou no mar com rapidez porque os feácios eram mestres em remo.

Durante o percurso, por bondade dos deuses, Ulisses foi tomado de profundo sono. Nem sequer acordou quando aportaram em Ítaca, por isso, os feácios o colocaram na praia junto aos ricos presentes que recebera.

Quando despertou sozinho em lugar que no primeiro instante não reconheceu, Ulisses se sentiu perdido. A deusa Palas Atena, que o protegia, apareceu em figura humana e dissipou suas dúvidas.

Ao reconhecer a terra natal, Ulisses beijou o chão. Palas Atena o ajudou a esconder os objetos preciosos em uma gruta, cuja entrada fechou com uma pedra.

– Para que não sejas vítima dos que desejam tua morte, precisas chegar disfarçado de mendigo. Teu palácio foi tomado por um grupo de príncipes ambiciosos, que te consideram morto. Desejam casar com Penélope, tua esposa, e dividir teus bens entre eles.

Ulisses gemeu:

– Infeliz de mim! Ajuda-me a vencer esses inimigos.

– Estarei a teu lado no momento em que deverás enfrentá-los. Agora precisas não ser reconhecido.

Em seguida Atena o tocou com sua varinha mágica, transformando-o em um velho enrugado e andrajoso, e lhe disse:

– Procura o porqueiro Eumeu, teu escravo fiel, fica na cabana dele até que teu filho Telêmaco volte da viagem que fez para saber notícias tuas.

Ulisses gemeu, pesaroso:

– Grande deusa, se sabias que eu ia voltar, porque deixaste meu filho enfrentar os perigos do mar em minha busca?

— Era preciso que Telêmaco mostrasse sua coragem para ser respeitado. Chegará logo em perfeita saúde. E vocês dois, com meu apoio, derrotarão os pretendentes.

Ditas essas palavras, a deusa desapareceu. Ulisses tomou o caminho da cabana do porqueiro Eumeu. Lá chegando encontrou Eumeu no lado de fora da cabana. O porqueiro gritou com os cães para que não atacassem o visitante e o saudou:

— Segue-me e entra em minha choupana para que te dê abrigo. Estrangeiros e mendigos, todos são enviados por Zeus e mesmo um escravo como eu deve hospedá-los.

Ulisses agradeceu:

– Que Zeus e os demais deuses imortais te deem aquilo que mais desejas!

Eumeu disse, comovido:

– O meu maior desejo é o retorno de meu amo Ulisses, que partiu para combater em Troia e nunca mais voltou.

Ao ouvir essas palavras, Ulisses procurou disfarçar a emoção.

Na cabana, enquanto servia comida e bebida ao hóspede, Eumeu falou da longa ausência do amo, do sofrimento de Penélope, da viagem de Telêmaco e dos estragos que pretendentes causavam destruindo os bens da família. Ulisses, ansioso por notícias de seu velho pai, indagou:

– Falaste da mulher e do filho de teu amo ausente. Ele não tem pai nem mãe?

Eumeu suspirou tristonho e contou:

– A mãe morreu de saudades do filho e o pai, Laertes, vive em sua granja, cuidando do pomar, como se fosse um camponês, e nunca vem à cidade.

Depois de muito ter falado, sem saber que se dirigia a seu amo, Eumeu preparou um leito com peles de cabra e de ovelha, junto ao fogo, para o hóspede. Ulisses se deitou, abençoando os deuses por estar de volta à pátria, e adormeceu no mesmo chão em que se acomodavam os pastores que cuidavam do seu gado.

Ao amanhecer reavivaram o fogo com mais lenha e comeram o pão e a carne que sobraram da véspera. Em seguida os pastores seguiram para o campo. Na cabana estavam apenas Ulisses e Eumeu quando se aproximou um jovem vestido como um príncipe. Ulisses indagou:

– Quem é aquele que se aproxima? Só pode ser alguém que os cachorros conheçam, porque, em vez de latirem, estão abanando a cauda.

– É meu jovem amo, que volta são e salvo de viagem! Louvados sejam os deuses!

Disse isso e correu ao encontro de Telêmaco, que o abraçou com carinho.

40

O porqueiro indagou:

– Meu senhor, por que está vindo direto para minha humilde choupana em vez de desembarcar no porto?

Telêmaco respondeu:

– Desci da embarcação na enseada aqui perto, porque sei que os pretendentes armaram uma emboscada, junto ao porto, para me matar quando eu desembarcasse.

Entraram na cabana e Ulisses quis ceder seu lugar ao recém-chegado, porém Telêmaco recusou:

– Fique onde está.

Eumeu arranjou um assento sobre galhos verdes cobertos com peles de ovelha para o amo. Foi a vez de Telêmaco indagar quem era o desconhecido. Eumeu o esclareceu e o jovem disse:

– Hóspede, enviarei roupa e comida para agasalhá-lo, como convém que se faça com o estrangeiro que busca nossa proteção. Aconselho que fique na cabana de Eumeu, porque o palácio está invadido por pretendentes à mão de minha mãe, que em sua violência não respeitam as leis da hospitalidade.

Ulisses, tomado de rancor contra o que acontecia, respondeu:

– Em minhas viagens ouvi dizer que Ulisses ainda está vivo e ele deve retornar em breve, e vocês dois, com a ajuda dos deuses, vencerão os pretendentes.

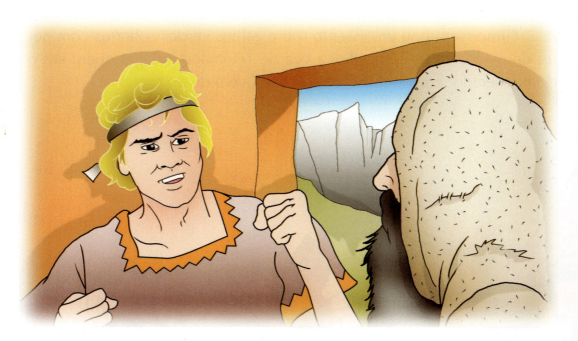

Telêmaco discordou:

– Acabo de voltar de uma viagem que fiz em busca de notícias de meu pai, junto a alguns dos mais importantes príncipes que lutaram em Troia e que foram companheiros de armas de meu pai. Ninguém sabe de Ulisses.

Em seguida Telêmaco ordenou ao porqueiro:

– Tu, Eumeu, vai avisar a nobre Penélope que voltei. Basta o tanto que chora por meu pai. Não quero aumentar seu sofrimento retardando boas notícias a meu respeito.

Obedecendo a ordem recebida, Eumeu se pôs a caminho.

Mal o porqueiro saiu, a deusa Palas Atena, tomando a forma de uma bela mulher, apareceu e fez sinal a Ulisses, chamando-o para fora da cabana. Telêmaco não a viu, porque os deuses podem ser visíveis a alguns e invisíveis a outros.

Assim que Ulisses saiu para o pátio, a deusa lhe disse:

– Chegou a hora de te dares a conhecer ao teu filho e combinar como liquidar com os pretendentes. Na hora de enfrentá-los, eu estarei ao vosso lado.

Atena tocou-o com sua varinha de ouro e Ulisses recuperou sua bela figura, manto e túnica nova.

A deusa desapareceu e Ulisses voltou para a cabana.

Ao vê-lo entrar, Telêmaco levantou-se e falou emocionado:

– Acaso és um deus capaz de tomar a figura de um velho enrugado ou de um homem na flor da idade?

– Eu sou um mortal que a grande deusa Atena protege e foi ela quem operou o prodígio que te surpreende. Eu sou teu pai, que depois de muito vagar pelo mar volta para casa.

Telêmaco e Ulisses abraçaram-se com lágrimas a correrem pelo rosto.

Passada a emoção do reencontro, foi a hora de contarem tudo que acontecera a um e outro. Ulisses relatou sua longa epopeia até chegar à terra dos feácios, que o tinham trazido para Ítaca. Telêmaco falou do mal que os pretendentes faziam em permanecer no palácio e a impossibilidade de enfrentá-los sozinho. Ulisses respondeu:

– Agora, meu filho, não estás só. Nós dois juntos havemos de derrotá-los.

– Eles são em grande número, meu pai, mais os serviçais que os acompanham e alguns de nossos próprios escravos que se aliaram a nossos inimigos.

– Somos apenas dois contra muitos. Mas temos Atena, que estará a nosso lado, e um deus pode mais que mil mortais. Guarda segredo absoluto de meu retorno, porque os pretendentes precisam ser apanhados de surpresa. Nem uma palavra à tua mãe, nem a Laertes.

Fazendo planos de como agir para chegar à vitória final, passaram um longo tempo. Atena, que tudo sabe, antes do cair da tarde tocou outra vez em Ulisses com sua varinha, e ele retomou à figura do velho andrajoso. Era necessário que assim fosse para que Eumeu não soubesse da volta do amo.

O porqueiro chegou pouco depois desta segunda metamorfose e disse a Telêmaco:

– A nobre Penélope agradece aos deuses tua volta e espera te ver em breve.

Servida a ceia, deitaram-se para saborear a doçura do sono.

Na manhã seguinte, Telêmaco disse a Eumeu, lançando um olhar para o pai, a quem de fato dirigia suas palavras:

– Vou para casa abraçar minha mãe, que anseia por me ver. Por tua vez, Eumeu, leva este estrangeiro à cidade para que mendigue seu alimento.

Terminou de falar e seguiu com passo rápido em direção ao palácio, onde foi ver sua saudosa mãe.

Penélope com voz emocionada o saudou:

– Telêmaco, luz de meus olhos, conta como foste de viagem e o que sabes sobre teu pai.

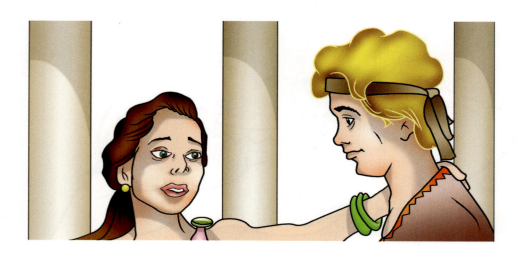

Não podia contar-lhe o que mais a alegraria, que era a volta de Ulisses, mas deu-lhe alguma esperança para aliviar sua tristeza.

Depois seguiu para a sala onde os pretendentes já começavam a reunir-se, como faziam todos os dias. Dentro de seus corações armavam planos para destruir o filho de Ulisses. Dirigiam-lhe palavras irônicas, referindo-se à viagem que o jovem acabara de fazer. Um deles disse:

– Telêmaco agora é um homem adulto, que navegou em busca do pai.

Outro respondeu:

– Quem busca o impossível às vezes encontra o que não espera.

Telêmaco bem sabia que eles se referiam à emboscada e à possibilidade de o apanharem e matarem, mas, seguro de que em breve calaria aquelas bocas, conseguiu manter-se em silêncio.

Mendigando na própria casa

Ulisses e o porqueiro tomaram o rumo da cidade para onde um levava os porcos que serviriam de almoço aos pretendentes e o outro iria esmolar. No caminho, pararam junto à fonte onde os habitantes abasteciam-se de água.

Aproximou-se o cabreiro Melantio, que conduzia alguns animais para o banquete dos pretendentes e ironizou:

– Eumeu, tu sempre estás a dizer que estranhos devoram os bens de Ulisses, mas levas um malandro da tua laia para comer no palácio!

Ulisses, que sabia muito bem tratar-se de um de seus escravos, mal conseguiu conter-se. Melantio continuou a provocar Eumeu:

– E tu, porqueiro, não perdes por esperar. Vai chegar o dia em que os pretendentes matarão Telêmaco e um deles casará com Penélope. Nessa hora eu vou acabar contigo.

Antes que Eumeu respondesse, se aproximou o pastor Filécio, que passava por ali levando gado para a festa dos pretendentes. Foi ele quem respondeu a Melantio:

– Que os deuses não te escutem e tragam de volta o saudoso Ulisses, que um dia me encarregou de cuidar de seu gado.

Melantio riu e tornou a ironizar:

– Cada qual com seu igual. Fiquem aí a tecer louvores a um morto que eu tenho de ir servir os novos amos, que esperam pelo almoço.

Falou e seguiu o caminho do palácio conduzindo as cabras.

Ulisses dirigiu-se a Filécio:

– Pareces um homem de bons sentimentos e vou te dizer que em breve Ulisses chegará e exterminará os pretendentes.

– Permitam os deuses que tal aconteça! Nessa hora porei a força de meus braços a ajudar meu amo a derrotar seus inimigos.

Em seguida, tomou o rumo do palácio levando as vacas e ovelhas que seriam devoradas naquele dia.

Por sua vez, Ulisses e Eumeu também seguiram o mesmo caminho. Ao se aproximarem do palácio, um velho cão se arrastou até Ulisses. O animal rastejava, porque lhe faltavam forças para se pôr em pé. Era Argos, que Ulisses criara desde filhote, e, ao ver o dono depois de tanto tempo, fez um esforço derradeiro para conseguir lamber suas mãos. Comovido com o carinho do animal, Ulisses abaixou-se e o acariciou, dizendo para Eumeu:

– Este cão é de raça e merecia melhor trato do que ficar abandonado.

Eumeu respondeu:

– O dono morreu em terra distante e as escravas não cuidam dele.

Deu essa explicação e apressou o passo entrando no palácio, na sala onde estavam os pretendentes.

Ulisses amparou a cabeça de Argos, que morreu nas mãos do dono, a quem esperara por longos anos.

Pouco depois, Ulisses entrou na sala onde os pretendentes comiam e bebiam ao som de música e canto. Tantos estranhos dentro de sua casa, desejando sua mulher e planejando matar seu filho, fizeram seu sangue ferver. Conteve sua fúria e sentou-se junto à porta, como convém a um mendigo, sabendo que era preciso esperar a hora certa para derrotá-los.

Telêmaco viu o pai naquela situação humilhante e chamou Eumeu, entregando-lhe pão e carne e recomendando como se estivesse se referindo a um estranho:

– Leva esta comida para o estrangeiro e diz a ele que percorra a sala mendigando a todos os pretendentes.

Eumeu levou a encomenda e o recado. Ulisses entendeu que era a vez de conhecer melhor seus inimigos, falando com cada um deles como pedinte.

    Com uma sacola nas mãos para colocar o que ia recebendo, foi dando a volta e observando onde havia armas e o número de possíveis saídas em caso de combate, se bem que tudo aquilo estivesse em sua memória.

    Os pretendentes davam de boa vontade o que não lhes custara nada, pois a comida viera dos rebanhos de Ulisses. Antino, um dos mais orgulhosos, ironizou:

    – Nada tenho para te dar. Aqui somos hóspedes e não podemos aumentar as despesas de Telêmaco.

Ulisses respondeu:
— Preferes comer do que dar a outro.

Antino apanhou o banquinho em que apoiava os pés e jogou-o contra o mendigo. Ulisses desviou o corpo, mas recebeu o golpe no ombro. Seu vigor físico permitiu que não fosse derrubado.

Telêmaco teve ímpeto de erguer-se contra Antino, mas um olhar de Ulisses o fez permanecer onde estava, como se nada tivesse acontecido.

Não demorou muito para que a agressão de Antino contra o mendigo chegasse aos ouvidos de Penélope. O estrangeiro deveria ser respeitado, como mandavam os deuses, e Antino tinha ferido a lei da hospitalidade.

Penélope mandou chamar Eumeu e indagou sobre o estrangeiro, a quem queria interrogar. Sempre fazia isso com todos os viajantes que passavam por Ítaca, na esperança de que algum conhecesse Ulisses.

Ao ser abordado pelo porqueiro com o recado de Penélope, Ulisses respondeu:

– Diz a tua ama que estarei aqui na sala à sua espera depois que todos os pretendentes tenham ido embora para suas casas, como fazem todas as noites. É melhor que o que tenho a dizer-lhe não seja ouvido por esses homens indignos.

O torneio da discórdia

Ulisses ficou no grande salão, que parecia maior agora que os pretendentes tinham ido embora. Por ali apenas algumas escravas, que recolhiam sobras do jantar e copos vazios.

Penélope entrou na sala, seguida pela ama Euricleia, que cuidara de Ulisses criança. Encaminhou-se para uma ampla cadeira, decorada de prata e marfim, junto à lareira, onde se sentou. Uma escrava atiçou o fogo, colocando mais lenha para aquecer e iluminar o ambiente. A dona da casa dirigiu a palavra ao desconhecido:

— Aproxima-te, estrangeiro, e senta neste banco à minha frente.

Ulisses tornou a ver, depois de tanto tempo, aquele rosto amado, mas por enquanto não podia dar-se a conhecer.

Ela tornou a dirigir-lhe a palavra:

— Disseram-me que cruzaste muitos mares, como acredito que tenha feito meu saudoso Ulisses, por quem choro todas as noites desde que partiu. Será que em tuas viagens alguma vez o viste?

Ulisses segurou sua emoção e falou como narrador indiferente:

— Só o encontrei uma vez, faz muito tempo, estava indo para Troia. Lembro de uma fivela de ouro com as figuras de um cervo e um cão que prendia seu manto e me lembro desse detalhe depois de tanto tempo, porque era um fino trabalho de ourivesaria.

Penélope deixou as lágrimas correrem pelo rosto e murmurou:

— Eu mesma prendi essa fivela em seu manto antes que partisse e sei que dizes a verdade. Terás acaso notícias mais recentes que possam me dar esperança de tornar a ver aquele por quem tanto choro?

— Ouvi falar em Ulisses há pouco tempo. Pelo que sei, está perto daqui e em breve voltará.

— Não uses palavras enganosas apenas para me confortar. Estou vivendo um momento decisivo em que sou pressionada por muitos príncipes e grandes senhores das ilhas vizinhas e de Ítaca, que pretendem casar comigo, alegando que Ulisses morreu. Enquanto isso, consomem nossa propriedade e matam o gado para servir em banquetes que se repetem todos os dias.

Ulisses insistiu:

— Tenho notícias seguras. Teu marido voltará e exterminará os pretendentes.

— Que os deuses escutem o que dizes! Se até agora merecias a hospitalidade devida a todo viajante, agora receberás belas roupas e presentes.

— Agradeço, mas peço que não retribuas minhas palavras.

— Darei ordem para que preparem um leito para ti nesta sala e que uma escrava te lave os pés.

— Aceito o leito, mas não que meus pés sejam lavados por uma dessas jovens que troçam de mim por me verem velho e esfarrapado.

— Tuas palavras são de muito juízo, mas pedirei a Euricleia, que foi ama de Ulisses, que lave teus pés.

Ulisses concordou, mas logo em seguida se lembrou de que a velha ama poderia identificá-lo pela cicatriz que tinha na perna. Afastou-se do fogo e achou que a escuridão da sala poderia protegê-lo.

A cautela foi inútil. Euricleia sentiu a cicatriz na palma da mão e largou o pé do seu senhor, que bateu na bacia de bronze, derramando água no chão. Seus olhos se encheram de lágrimas e voltou-se para chamar Penélope, que se afastava indo embora. Mais rápido do que ela, Ulisses tapou-lhe a boca com a mão até Penélope sair da sala. Ao mesmo tempo murmurou:

– Fica quieta!

Euricleia, entre lágrimas, respondeu:

– Tu és Ulisses, meu querido.

– Sei que me amas como a um filho, e por isso mesmo é preciso guardar segredo de tua descoberta.

— Sabes que podes contar comigo.

— Na hora decisiva vou precisar de ti. Agora vai buscar mais água, porque esta derramou.

Os dois riram e abraçaram-se com infinito carinho.

Naquela noite, pela primeira vez depois de muitos anos, Ulisses se acomodou para dormir sob o teto de sua própria casa. Não estava em seu quarto, ao lado de sua mulher, mas no chão da sala, em um leito improvisado com peles de ovelha. Mesmo assim era sua casa, mas o sono não vinha. Sua preocupação era como um homem sozinho poderia enfrentar tantos adversários na luta contra os pretendentes.

Atena, que o protegia, desceu do céu e veio aquietar seu coração:

— Não te atormentes com a batalha que está por vir. Eu estarei combatendo ao teu lado, na figura de teu amigo Mentor e, ainda que os pretendentes fossem em muito maior número, nenhuma força humana pode se medir com o poder dos deuses. Dorme para estares descansado amanhã, que será o dia decisivo.

    Logo que Ulisses adormeceu, Atena foi até o quarto de Penélope e a inspirou a realizar, no dia seguinte, um torneio, prometendo casar com o pretendente vencedor.

    Na manhã seguinte, obedecendo à orientação da deusa, Penélope apareceu na sala onde os pretendentes banqueteavam-se, como faziam todos os dias. Ela vinha seguida de muitas escravas, que carregavam doze machados, mais um arco gigantesco e as flechas que o acompanhavam. Este equipamento fazia parte de um jogo em que os machados eram colocados em fila, de modo que os furos que tinham nos cabos ficassem alinhados. Nos velhos tempos, através deste caminho, no cabo dos machados, Ulisses fazia passar uma flecha. O arco de onde partia a flecha era de tamanho fora do comum e exigia uma força extraordinária para curvá-lo.

    Penélope falou aos pretendentes:

– Hoje será decidido com qual de vós me casarei. Será com aquele que disparar a flecha através do furo da série completa de doze machados, como fazia Ulisses.

    Antino, com a secreta esperança de vencer o torneio, respondeu:

– Não é fácil distender este arco, mas creio que o melhor entre nós poderá fazê-lo.

Telêmaco tomou a palavra e disse:

– Quero participar do torneio. Se for o vencedor, minha mãe ficará nesta casa e os pretendentes irão embora.

A sua pretensão causou riso entre os presentes, que não o levavam a sério.

Telêmaco despiu o manto e colocou os machados em posição para o torneio. Em seguida, experimentou o arco. Na terceira tentativa, quase conseguiu vergá-lo, mas desistiu ao ver um sinal de Ulisses para que não prosseguisse.

Em seguida os pretendentes se sucederam na tentativa de manejar o arco de Ulisses. As decepções foram seguidas da esperança dos que ainda não tinham experimentado a força e julgavam-se mais capazes do que os derrotados.

Enquanto isso, Eumeu e o pastor Filécio saíram da sala em companhia de Ulisses.

Lá fora, longe dos pretendentes, Ulisses falou:

– Se Ulisses voltasse, guiado por um deus, estaríeis dispostos a combater com ele?

Os dois fizeram protestos de fidelidade total ao amo ausente e disseram que estariam ao seu lado.

Ulisses mostrou a cicatriz na perna, para se identificar, e os dois servos deram-lhe provas de carinho e alegria.

Ulisses acrescentou:

– Se os deuses permitirem que eu derrote os pretendentes, darei a cada um de vós grandes recompensas. Sei que nenhum dos pretendentes concordará que eu maneje o arco, mas tu, Eumeu, vais trazê-lo para mim. Tu, Filécio, fecha a porta do pátio e prende-a com ferrolho.

Quando voltaram para dentro da sala, vários pretendentes já tinham experimentado vergar o arco e nenhum o conseguira.

Antino propôs:

– Talvez hoje o dia não seja propício. Vamos deixar o torneio para amanhã.

Os demais o aplaudiram, e todos puseram a beber e comer em meio a grande algazarra.

Ulisses, sob o disfarce de mendigo, pediu:

– Ilustres pretendentes, permitam que eu tente a força de meus braços, vergando o arco.

Foi um protesto geral contra a arrogância de um mísero pedinte em querer manejar o arco.

Penélope, que ainda estava na sala, interferiu:

– Suponho que os príncipes e grandes senhores que aqui estão não imaginam que o mendigo pretenda me tornar sua esposa. Peço que o deixem experimentar a força e, se for capaz, eu lhe darei presentes como prêmio.

Ulisses lançou um olhar a Telêmaco, que respondeu antes que qualquer dos pretendentes tomasse a palavra:

– Minha mãe, sobre este arco ninguém tem mais poder do que eu. Peço que te retires para teus aposentos e deixes que os homens se ocupem deste assunto.

Seu tom autoritário era para afastar Penélope antes que a luta de vida e morte tivesse início.

Ela se afastou, levando suas escravas, e foi para seus aposentos, onde Atena a envolveu num doce sono, que iria durar até que tudo fosse resolvido.

Antes que Euricleia se retirasse, Ulisses ordenou:

– Agora é a hora de me ajudares. Fecha todas as portas que comunicam com esta sala e mantém as mulheres longe daqui.

Em seguida, fez sinal a Eumeu para que lhe trouxesse o arco.

Os pretendentes mandaram que o porqueiro se afastasse do arco, mas Telêmaco ordenou o contrário, e assim o arco chegou às mãos de seu verdadeiro dono.

Ulisses examinou o arco como conhecedor e, em seguida, apanhou uma das flechas e a disparou, fazendo-a atravessar o orifício do cabo dos machados e indo sair na extremidade oposta.

Ao mesmo tempo, Telêmaco, armado de espada e lança, se colocou ao lado do pai, pronto para o combate.

Os pretendentes não acreditavam no que estavam vendo e continuaram a beber e comer como de costume.

Luta e paz

Antino ergueu a taça cheia de vinho e brindou:

– À tua morte, mendigo maldito! E, se tornares a tocar neste arco, eu te degolarei com minha espada.

Ulisses sacudiu fora o manto esfarrapado e, graças aos poderes de Atena, recuperou sua figura rejuvenescida e forte. Em um gesto inesperado e rápido, disparou a flecha, que feriu a Antino no pescoço. Antino caiu de costas, a taça escapou de sua mão e o vinho se misturou ao sangue.

Na confusão, os pretendentes pensaram que Ulisses matara Antino por acidente e o ameaçaram pelo erro cometido.

Ulisses os desafiou:

– Seguros de que eu nunca voltaria, cobiçavam minha mulher e meus bens, ameaçando de morte a meu filho. Agora nenhum escapará ao fim que se aproxima.

Eurímaco assumiu o comando dos pretendentes e clamou:

– Amigos, ninguém deterá a fúria deste homem. Só nos resta combater.

Disse essas palavras e avançou contra Ulisses com a espada na mão. Ulisses disparou sua seta, que o feriu certeira. Eurímaco deixou cair a espada e, na queda, bateu com a cabeça em uma das mesas, virando-a e esparramando as comilanças pelo chão.

Foi a vez de Anfínomo avançar com a espada contra Ulisses, mas Telêmaco, antecipando-se, alcançou-o com a lança, que lhe atravessou o peito.

Deixando a lança no corpo do inimigo, Telêmaco avisou Ulisses:

– Vou buscar armas e escudos para nós dois, para Eumeu e Filécio.

Ulisses respondeu:

– Vai depressa antes que acabem as flechas de que disponho.

Telêmaco correu ao depósito de armas, de onde trouxe espadas, lanças, escudos e capacetes para si, seu pai, Eumeu e Filécio. Em sua ausência, Ulisses continuara a disparar as flechas mortíferas contra os pretendentes.

Agelau assumiu o comando e disse a Melantio:

– Tu, que conheces bem a casa, deves saber de onde Telêmaco trouxe armas. Estamos precisando de nos equipar melhor.

Melantio respondeu com a satisfação de sempre em ajudar os inimigos de seu amo:

– Sei onde fica o depósito. Vou trazer tantas armas e escudos quantos forem necessários.

Não demorou muito e Ulisses pôde ver os pretendentes com lanças e escudos de que não dispunham antes. Telêmaco se recriminou:

– Meu pai, na pressa esqueci a porta do depósito aberta e algum escravo deve ter nos atraiçoado.

65

Eumeu interferiu:

– Vi Melantio trazer as armas e sair de novo, com certeza para buscá-las em maior quantidade, mas desta vez não voltará.

Falou e saiu em busca de Melantio, disposto a liquidar o traidor. Só voltou depois de cumprir sua missão.

Os pretendentes, bem armados e protegidos, combatiam com novo entusiasmo. Foi então que Atena surgiu junto a Ulisses, na figura de Mentor, conforme tinha prometido a seu protegido.

Agelau dirigiu a palavra ao recém-chegado:

– Mentor, te retira enquanto é tempo, senão serás chacinado com Ulisses e Telêmaco. Repara que somos em maior número e sairemos vencedores.

Atena deu nova coragem a Ulisses, lembrando-o de seus gloriosos feitos em Troia, mas sem pensar em lhe dar uma vitória rápida, ao contrário, desejando que pai e filho mostrassem seu valor. Com essa intenção, transformou-se em uma andorinha e pousou numa das vigas do teto, de onde ficou observando tudo.

Agelau gritou para os companheiros:

– Mentor já se foi, e agora é nossa vez de atacar em bloco e abater Ulisses.

Animados por essas palavras, alguns pretendentes avançaram contra Ulisses, Telêmaco, Eumeu e Filécio. Pelo poder de Atena, suas lanças perderam o rumo e nenhuma atingiu o alvo visado.

Ao contrário, as lanças de Ulisses e de seus amigos foram certeiras, abatendo mais alguns inimigos.

Outro grupo de pretendentes atacou com redobrado furor, mas Atena, do alto da viga onde se colocara em figura de andorinha, espalhou o terror entre eles, e suas lanças perderam o rumo.

Ulisses e seus companheiros derrotaram os inimigos com a ajuda da deusa. Só foi poupado o cantor, que abraçou os joelhos de Telêmaco e pediu:

– Salva-me, sou um poeta e só estava em meio aos pretendentes porque fui obrigado a vir cantar para eles.

Telêmaco testemunhou a verdade de suas palavras e Ulisses respondeu:

– Vai para o pátio, junto ao altar de Zeus, agradecer por tua vida.

Ulisses ainda examinou a sala e verificou todos os possíveis esconderijos à procura de algum pretendente que estivesse escondido. Só encontrou cadáveres e então deu ordem a Eumeu e Filécio que comandassem os escravos na remoção dos corpos para fora do palácio.

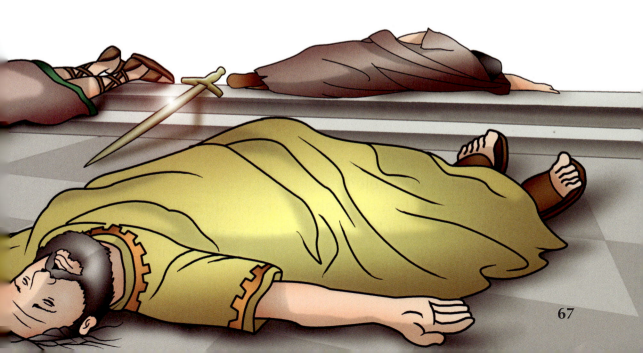

Em seguida, as escravas lavaram a sala e apagaram todos os vestígios do combate, tornando o local outra vez habitável. Euricleia queimou ervas aromáticas para desinfetar o ambiente e torná-lo livre de ódio e vinganças.

Enquanto isso, Ulisses e Telêmaco apagaram os sinais da luta com um demorado banho e roupas novas.

Por sua vez, Euricleia subiu ao quarto de Penélope e a acordou. Durante o sono, Atena a rejuvenescera, e agora parecia a mulher que fora no tempo em que o marido partira para a guerra de Troia.

A ama deu-lhe a grande notícia da volta de Ulisses.

Penélope não pôde acreditar:

– Poupe-me de um sonho tão louco!

– É a realidade, minha filha querida! Teu marido voltou, venceu os pretendentes e te espera na sala.

– Como sabes que é ele?

– Senti com a palma de minha mão a cicatriz que tem na perna.

As palavras de Euricleia tiveram o poder de decidir Penélope a ir ao encontro do vencedor dos pretendentes e descobrir se de fato era seu marido.

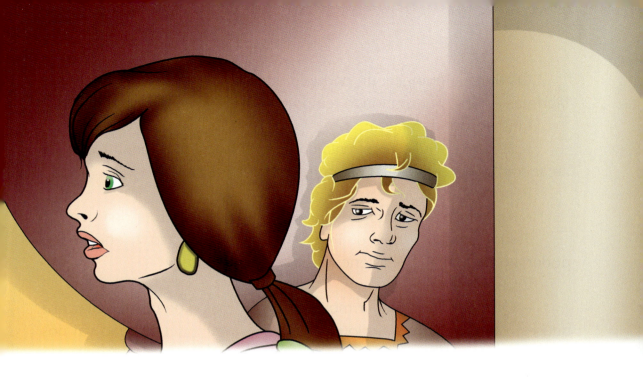

Assim que entrou na sala e viu Ulisses com a mesma figura de quando partira para Troia, seu coração disparou de emoção. Mesmo assim controlou o desejo de jogar-se em seus braços e sentou-se em frente à lareira.

Telêmaco não resistiu a repreendê-la:

– Minha mãe, por que te manténs afastada de meu pai?

Ulisses procurou dar um tempo e disse:

– Tua mãe quer pôr-me à prova.

Em seguida dirigiu a palavra a Penélope e pediu:

– Pergunta-me algo que seja do conhecimento apenas de nós dois.

– Se és Ulisses, vais saber por que mudei de lugar a nossa cama.

– Não é a mesma cama. A nossa é irremovível. Eu mesmo a construí sobre um tronco gigante de oliveira cortado, para servir de estrado, e em volta coloquei pedras com argamassa. Ninguém a poderia mudar de lugar.

Era apenas um truque de Penélope para poder identificá-lo de forma absoluta. Ao ouvir aquelas palavras, ela se levantou e o abraçou, com lágrimas a correrem pelo rosto.

69

Os dois permaneceram naquele saudoso abraço, entrecortado de lágrimas e risos, por um longo tempo.

Ulisses, por fim, falou:

– Sofremos muito e enfrentamos dificuldades, mas ainda temos de arcar com as consequências da morte dos pretendentes.

Penélope soluçou:

– Apenas te encontrei e estou ameaçada de te perder de novo?

Telêmaco deu a ideia de irem para a granja do avô, Laertes, onde poderiam organizar a resistência se fossem atacados.

Ulisses respondeu:

– Quero muito abraçar meu velho pai, mas é preciso confiar nos deuses. Atena, que nos ajudou a destruir os pretendentes, não vai nos abandonar nesta hora.

As famílias e os amigos dos mortos já sabiam do acontecido e estavam reunidos na praça em assembleia, para decidir sobre a vingança a tomar.

Foi a hora de Atena aparecer para evitar que a guerra civil tomasse conta de Ítaca. O seu esplendor fez com que todos ficassem em silêncio para ouvi-la, e a deusa disse:

– Vós mesmos sois os culpados da fúria de Ulisses. Durante muito tempo permitistes que vossos filhos e amigos desonrassem a casa dele, se apossassem de seus bens, disputassem a posse de sua mulher e tramassem contra a vida de Telêmaco. Nunca alguém ergueu a voz para evitar que tais vilanias fossem cometidas.

As palavras e o poder da deusa tiveram o dom de aquietar os ânimos.

Apesar da dor que sofriam, aceitaram tão somente retirar os cadáveres, dar-lhes suntuosas cerimônias fúnebres e enviarem para as ilhas vizinhas os que de lá tinham vindo.

Graças a Atena, a paz voltou a reinar em Ítaca.

Odisseia

Odisseia é uma grande epopeia em versos que, inicialmente, deveria ser cantada em festas e banquetes. Isto, pelo menos, um milênio antes da Grécia Clássica, século V a.C. Seu desenrolar conta a viagem do herói Ulisses (Odisseus) e suas extraordinárias aventuras e sofrimentos na volta para casa depois da vitória grega na guerra de Troia.

Odisseia e *Ilíada* formam o clássico dos clássicos, que inspiraram todas as epopeias do mundo ocidental. Foram escritas por Homero, poeta cego que, possivelmente, as cantava. Alguns eruditos discutem a autoria de Homero e até mesmo sua existência. Apesar disso, segundo Platão, "Homero educou toda a Grécia".

Além de sua beleza e valor literário, *Odisseia* é uma história fascinante que vem empolgando leitores através dos séculos.

Edy Lima

Jornalista, produtora de discos para crianças, autora de teatro e de novela de TV, Edy Lima tem cerca de 50 livros publicados, quase todos para crianças. Nasceu em Bagé (RS) e veio para São Paulo aos 20 anos, com apoio de Monteiro Lobato. Ganhou diversos prêmios com suas obras, entre os quais o Jabuti. Em seus livros mistura humor, crítica social, fantasia e temas folclóricos.

Segundo a crítica, a autora deu uma virada na literatura infantil com *A vaca voadora* (Global). Na Companhia Editora Nacional publicou diversas obras para os pequenos leitores, como *O caneco dourado*, *Bobos e espertos* e *A sopa de pedra*, e adaptações de clássicos da literatura universal, como *Alice no país do espelho* e *Ali Babá e os quarenta ladrões*.